Für meine kleine Tochter und ihre großen Brüder ...

*Es war Sonntag nachmittag.
Schönes Wetter.
Nichts Besonderes los eigentlich.
Bis einer sagte: Der Neue ist da!*

- *Er hatte ihn nicht direkt gesehen.
Auch nicht gehört.
Aber er kannte einen, der gehört hatte,
daß ihn jemand gesehen hätte.*

Der Neue? Hoffentlich ist das nicht so'n Langweiler. Ich mag keine Langweiler.

- sagte der Andere, und guckte eine lange Weile lang Löcher in die Luft.

*Ich hätte lieber einen,
der gerne buddelt.*

*- brummelte der buschige Bursche
und buddelte bis zum Boden der Burg.*

Besser einen, der immer was Leckeres dabei hat.

- schmatzte der mit der Schlabberschnauze und mampfte sein Mittagsmenü.

Oder vielleicht einen Kleinen zum Fangen spielen.

- dachte der Große und grinste wie ein Wolf im Hundepelz.

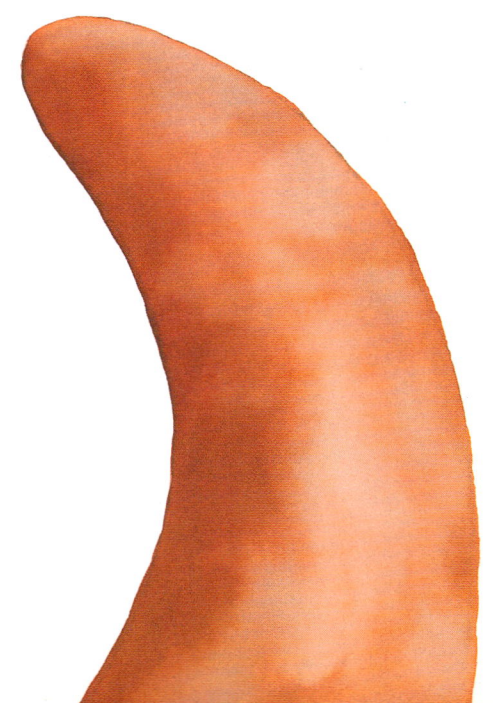

Oder einen Großen zum Aufpassen.

- dachte der Kleine
und ließ ein listiges Lächeln
über seine Lippen laufen.

Also ich hätte gern jemanden zum Spazierengehen.

- maulte der Schöne und zählte zum hundertsten Mal seine Punkte, polierte sein neues Halsband, kämmte die Ohren, putzte die Nase, stellte die Füße gerade und kniff den Po zusammen.

Oh nein! Was ist das denn? Das ist ja 'ne Katze!

- jaulte die ganze Bande, und jeder machte dabei sein blödestes Gesicht.

Hallo, ich bin die Neue.
Ist hier vielleicht einer,
der gerne Motorrad fährt?

- schnurrte die Neue, strich sich den Bart,
setzte die Rennfahrerbrille auf und wartete.

Au jaaaa ... - *jubelten alle auf einmal - Endlich mal was Neues! - Und dann tobten und spielten sie zusammen bis zum Abend und kamen am Ende sehr zufrieden mit roten Ohren und blitzblanken Augen nach Hause.*